AF282766

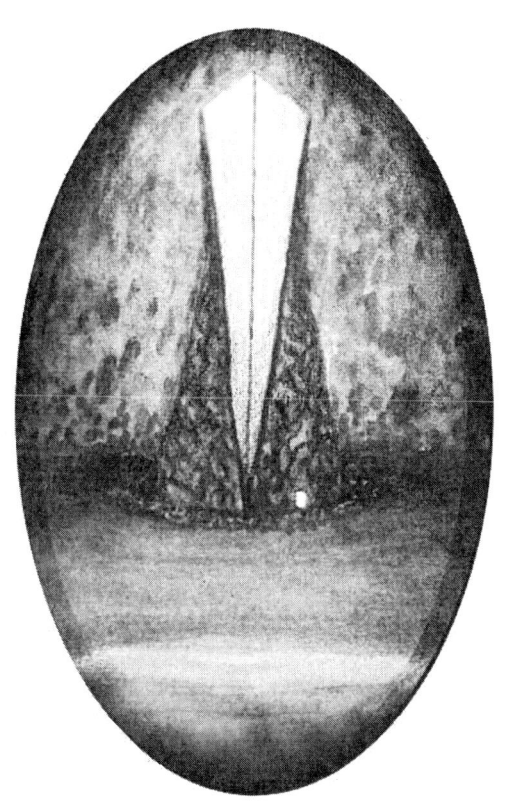

© Claudia Leonela Valladares Millán, 2025
© El Invernadero

ISBN en papel: 978-84-685-8716-5
ISBN en pdf: 978-84-685-8717-2

Registro: 03-2025-021109595600-01

Impreso en España
Editado por Bubok Publishing S.L.
Portada e ilustraciones: Leo VaMi

Todos los derechos reservados. Salvo excepción prevista por la ley, no se permite la reproducción total o parcial de esta obra, ni su incorporación a un sistema informático, ni su transmisión en cualquier forma o por cualquier medio (electrónico, mecánico, fotocopia, grabación u otros) sin autorización previa y por escrito de los titulares del copyright. La infracción de dichos derechos conlleva sanciones legales y puede constituir un delito contra la propiedad intelectual.

Diríjase a CEDRO (Centro Español de Derechos Reprográficos) si necesita fotocopiar o escanear algún fragmento de esta obra (www.conlicencia.com; 91 702 19 70 / 93 272 04 47).

Para aquellos que crean que no es posible,
sepan que lo es.

El Invernadero

Leo Valladares

Capítulo 1

La cueva de la playa

Renat sintió la mirada de los insectos al inspeccionar los peligros de la cueva. Él sabía que era una ilusión, ellos no podían atacar porque ya estaban muertos.

Por otro lado, las enredaderas mostraron más vida que el continente entero. Treparon por la pared cambiando del color verde musgo, que iniciaba en la base de la roca, hasta el azul que se cerró en el techo. Flores tan brillantes como estrellas colgaron de sus ramas. El eco de un cielo que afuera ya no existía.

Atrás de él, Soren, su prometido, agarró los insectos infectados como si fueran juguetes en un estante, los metió en frascos separados, que sacó de su pantalón deslavado lleno de bolsas, y los guardó en una mochila especial.

—Supongo que ya recolectaste suficientes muestras —le dijo tras acomodar una oruga deforme en otro de sus frascos.

En tres horas Soren ya había llenado dos mochilas con cadáveres rotos por espinas amarillentas.

Si no fuera porque aún podía escuchar el sonido de las olas del mar chocando contra las paredes de la cueva, Renat creería que se habían perdido en una de las reservas boscosas cerca de la ciudad de Irkala.

Aunque si fuera así, haría más calor.

—No me contrataron para eso —respondió Renat—, tú eres el que se emociona con cada rama con la que tropieza, y no me digas que no porque hay toda una pared en casa, llena de plantas, animales y no sé qué tantas otras cosas.

Soren hizo una mueca.

—Ese no es el punto, el punto es que estoy haciendo esto para ayudarte.

—Y te lo agradezco amor, pero yo ya hice mi parte y, además, no estamos aquí para recoger naturaleza.

No estaba mintiendo, Renat ya había hecho su trabajo, inspeccionó de manera minuciosa el terreno y hasta hizo un reporte escrito sobre ello. Determinó que el lugar era estable y colocó el perímetro de seguridad obligatorio a buena distancia del Invernadero, la torre que iban a investigar, en cuanto llegara el resto de la expedición.

Sin más que hacer se ajustó el chaleco negro de protección, y se bajó las mangas de la camisa de mezclilla gastada hasta las muñecas. La brisa del mar sopló fría y movió sus rizos cafés, como si se burlara de su intento por calentarse. Renat lanzó una ráfaga de viento caliente en contra, hasta que formó un pequeño remolino y se perdió en el agua.

La verdad es que no había mucho que él pudiera hacer, sabía que algunos seres eran capaces de cambiar la temperatura del ambiente, pero él no. Sus habilidades para manipular el viento eran fuertes, solo que nunca aprendió a usarlas y nadie se detuvo a enseñarle.

Soren se paró frente a Renat con los brazos cruzados. El brillo de las flores resaltó el color café de su cabello, más claro que la barba poco poblada y las cejas gruesas que no se molestó en decolorar para que quedaran del mismo tono. En su mejilla había un rasguño, es probable que se lo haya hecho cuando agarró las muestras de los arbustos espinados.

—Creí que querías ser un Investigador, ¿no te daría puntos clasificar una nueva especie de insecto? Llevas todo el año hablándome sobre ello, por eso me arrastraste hasta aquí antes de que los otros llegaran, ¿o no?

—Te sugerí que vinieras —dijo Renat y extendió su mano para tomar la de Soren donde tenía el anillo de compromiso— porque necesito a alguien que pueda analizar si un objeto tiene veneno y tú, mi querido especialista, eres el afortunado.

Su prometido levantó una ceja. Esa que hacía sentir a Renat incluso más bajo de lo que ya era.

—El equipo oficial Renat —Soren resaltó la palabra oficial— tiene su propio toxicólogo, yo soy entomólogo con algunos estudios sobre toxinas y aunque es probable que pueda hacer un análisis, no tenemos tanto tiempo. Te recuerdo que, en tres ciclos, cuando lleguen los expertos, yo me iré y tú harás el trabajo por el que te están pagando.

Renat refunfuñó.

—Ya lo sé, y lo voy a hacer, haré bien mi trabajo, pero hay una oportunidad aquí que podemos aprovechar, y no solo serán tus estudios los que ocupemos, al fin pondré en práctica los míos.

Renat se especializó en paleografía, después de su grado de Historiador, sudó y sufrió para balancear el estudio con su trabajo, todo para dejar el cuerpo de seguridad de los Heka, y aun así terminó en otro trabajo de seguridad, ni siquiera el principal.

Por fortuna, la líder de la expedición, Johanna, era amiga suya y estaba de acuerdo en que si él quería cambiar de Soldado a Investigador dentro de la organización tendría que llevar algo grande.

—Escúchame, vamos a entrar antes de que llegue el equipo —le dijo a Soren— encontraremos un libro valioso, lo traduciré y presentaré el hallazgo.

Era un plan simple, según los datos recolectados, dentro del Invernadero (llamado así por la gran ventana que cortaba la mitad del techo y que corría hasta una punta en el suelo), se encontraba contenido "el poder de Sol". La energía que, se supone, regresaría la luz al mundo, y la razón por la que había iniciado esta expedición.

Eso eran puras tonterías en opinión de Renat, pero lo que sí se leía prometedor, era la pequeña nota al pie de página que hablaba de *los registros dorados*, un diario antiguo, el más antiguo hasta ahora encontrado si los datos eran correctos, una supuesta crónica de acontecimientos antes de la oscuridad. Aunque fueran simples datos sobre la vida cotidiana de los antiguos, serían suficientes para ampliar el poco conocimiento que se tiene ahora sobre aquella época. Y cualquier información que los acercara a entender la magia de vida que existía cuando Sol reinaba era bien recompensada.

Soren se llevaría los registros, la expedición se llevaría el resto de información antes de que el mar cubriera la cueva de nuevo, y él podría dedicarse a traducir.

—Vamos a saquear un descubrimiento arqueológico, harás que huya y esconda un artículo valioso, y luego vas a extorsionar a tu jefe con la traducción, ¿es lo que dices?

—No —dijo Renat, porque, así como lo había dicho, sonaba a que iban a cometer un delito, y no es lo que iban a hacer—. Vamos a recuperar y traducir un valioso diario antiguo, llamado *los registros dorados*, que encontraremos antes que los Investigadores oficiales, y luego vamos a ofrecer nuestro descubrimiento a cambio de un muy merecido nuevo puesto.

Soren se agarró la frente con una mano y suspiró.

—Te juro que te escucho nada más porque me gustan tus ojos verdes. ¿De verdad crees que nos van a aceptar las pruebas, así como así? ¿Sin investigar? Ya lo hablamos Renat, íbamos a hacer esto de la manera correcta y legal. No tenemos a nadie que nos respalde. Sabes cómo es ese mundo, en cuanto presentes la traducción no solo te echarán de los Heka, te quitarán la licencia, te acusarán de ladrón, un rico se hará más rico y tú no podrás volver a trabajar ni de Soldado ni de Investigador, ni de otra cosa.

Renat sabía que eso era cierto. El conocimiento antiguo era la segunda cosa más valiosa después de la sangre, y si este diario tenía una pista sobre la muerte de la tierra, como sugerían los reportes, los Investigadores matarían por obtenerlo. Por mucho que Renat perteneciera a la misma organización, su rango de Soldado era muchísimo menor, sin influencias, ni ganancias propias; para los Heka no era más que un simple servidor, pero...

—No me estoy arriesgando a ciegas —dijo después de patear la arena— Johanna me dará el crédito por encontrar *los registros*. Junto a su palabra, la traducción y mis años de servicio tendré derecho a pelear por un puesto oficial como Investigador. Confía en mí, es nuestra oportunidad.

»Cuando lo logremos podré decidir que trabajos tomar, tener una vida tranquila con actividades teóricas en casa como siempre lo hemos querido, con la seguridad de que nunca nos faltará nada. Con el puesto, tendré la autoridad para darte la ciudadanía —Renat agarró la mochila de Soren y sacó la identificación con el sello temporal de Irkala. —Ya no tendrás que pagar por la protección mágica, serás reconocido como una persona y no como un refugiado que gasta los recursos de la ciudad, incluso podrías presentar tus descubrimientos y por una vez ser recompensado por ellos.

—¿Y tú crees que esa estafadora te va a dejar quedarte con ese crédito? —Soren agarró su mochila y se volteó con frasco en mano para agarrar otra muestra.

—Mira —le dijo Renat atrayendo su atención— ya no tenemos con qué pagar tu estancia en la ciudad y no puedes seguir canjeando sangre, a menos que quieras quedar seco. Es nuestra mejor opción, Johanna es una arqueóloga de renombre y ya reclamó de forma oficial el descubrimiento del Invernadero. Si la organización quiere obtener parte de lo que encontremos, tienen que escucharla. Además, no es la única que votará por mí.

Un sonido tintineante hizo eco en la roca de la cueva.

Soren se puso atrás de Renat, y agachó un poco la cabeza.

Renat no necesitó ver la inconfundible gabardina verde, al igual que Soren conocía bien el sonido particular de esas botas.

No podía culparlo por reaccionar así. Soren veía a

ese ser más veces de las que era saludable para alguien que no era usuario de magia.

Izzet era alto, de figura elegante, con la noche estrellada en el rostro (la prueba de que su magia estaba activa) y la arena del desierto en el cabello. Era uno de los seres mejor acomodados dentro de la organización por la excelente restauración de varios audios y textos, cuya información fortaleció la magia de la ciudad de Irkala.

También era uno de los pocos miembros de los Investigadores Heka en quién Renat confiaba.

—No teman, solo soy yo. He de suponer que no le avisaste con anticipación de mi llegada, aunque siempre es un placer encontrarnos, ¿verdad? —dijo Izzet, mientras extendía la mano hacia Soren

Su tono cortante contrastó con sus facciones amables.

Soren miró a Izzet por varios segundos antes de alejarse de Renat para estrechar su mano.

—¿No te basta con recolectar mi pago para la ciudad? ¿Qué haces aquí? Y ¿Por qué nos vas a ayudar? A eso viniste, supongo.

Izzet sonrió con agrado, o quizá se estaba burlando. Renat nunca podía adivinarlo.

—No es de buena fe, todos los que han, o van a venir, más bien, lo hacen para ganar algo. —respondió Izzet sin ver a Renat. Este abrió la boca para reclamar, e Izzet lo calló con una seña. Renat soltó una bocanada de aire negando con la cabeza. Siempre ha odiado que hablen de él como si no estuviera ahí. —Me postulé para jefe de investigación, si alguien que recomendé trae algo valioso, serán más puntos a mi favor. Aunque de verdad creo que Renat será una buena adición al equipo de Investigadores.

—Sí lo será, de eso no tengo duda —dijo Soren— pero eso no me dice por qué estás aquí. Renat y yo podemos recorrer una torre antigua solos y tú eres un restaurador. No me hagas repetirte la pregunta.

—Soren no...

—Déjalo Renat, está bien que pregunte —Izzet no dejó de mirar a Soren. —Mi trabajo aquí es hacer un mapa detallado del Invernadero usando mi biosonar.

Normalmente lo haría solo. Te puedes imaginar que en este tipo de misiones hay muchos accidentes— e Izzet mostró sus colmillos en la sonrisa.

Renat agarró los hombros de Soren desde atrás para evitar que este le diera un puñetazo.

Izzet los rodeó sin dejar de sonreír y agarró una rama azul con espinas que luego usó para cortar sus dedos. La herida se cerró tan rápido como se abrió.

—Yo no necesito médicos, ni tampoco un equipo que se detenga cada dos metros a revisar la integridad del suelo. Mi evaluación será rápida y precisa. Además, podré ayudar a un amigo, ¿no te parece un buen trato?

Renat podía sentir los músculos tensos en la espalda de Soren a través de la gruesa playera de cuello alto. A él nunca le ha gustado trabajar con otros, y menos cuando la otra parte tiene tanto poder sobre ellos. Izzet podía quedarse con todo y fingir un accidente dentro de la torre. ¿Quién iba a preguntar por la muerte del guardia de seguridad que no hizo bien su trabajo, o por un indocumentado que entró a un lugar que estaba prohibido al público?

—Si eso no es suficiente para convencerte de mí utilidad, considérame un equipo de primeros auxilios natural —dijo Izzet y pegó la rama con su sangre en la mejilla de Soren, en instantes el rasguño que tenía se curó.

—Izzet obtendrá recompensa por el mapa, y prestigio por haberme recomendado —le dijo Renat a Soren—. A cambio nos ayudará a empacar los manuscritos que encontremos para que no se dañen en el viaje. Si están muy mal también nos ayudará con la restauración. Confía en mí Soren, Izzet es una gran adición, será nuestra protección y es mi amigo.

Soren se relajó en los brazos de Renat.

—Protección para ti será, pero de acuerdo —dijo al fin—, déjame guardar estas muestras en el campamento y vamos.

Una hora después, los tres hombres iban camino a la entrada del Invernadero. Un paso más, y Renat obtendría los escritos que lo llevarían a una mejor vida.

Capítulo 2

LA ELECCIÓN EN EL UMBRAL

Construida en una cueva a varios metros debajo del nivel del mar, el Invernadero era una torre única, no solo por el lugar donde se encontraba, sino por la gran ventana en la que no se veía nada más que niebla, y el hecho de que la mitad de la estructura estaba bajo tierra. A su alrededor, un círculo de pasto la enmarcaba de manera perfecta.

Un escalofrío recorrió la espalda de Renat y tuvo que controlar su cara para no sonreír demasiado, no quería parecer infantil con tanto entusiasmo. Pero no podía evitarlo, serían los primeros en poner pie en una de las ruinas más antiguas de la historia, la búsqueda no tardaría mucho, una incursión rápida y sencilla, los seres de esa época solían guardar los libros importantes en murales junto a los archivos públicos y las máquinas de información que hoy ya no sirven.

La mayoría de la información que guardaban de esa manera, en las máquinas, se había perdido. Esos datos eran más difíciles de recuperar que aquellos que quedaron en los libros, por lo que, éstos últimos, no solo había que recuperarlos, restaurarlos y traducirlos, también resguardarlos de las manos de los avariciosos que preferían acumular el conocimiento en lugar de compartirlo para mejorar las vidas de todos.

Entre más rápido recuperaran *los registros* mejor oportunidad de esconderlos tendrían. Sin más demoras se acomodó la mochila a un costado y tocó la entrada.

La puerta del Invernadero era de piedra con un vidrio en el frente, para decoración, supuso Renat, pues no parecía tener otra función. En el marco había marcas de lo que alguna vez fueron letras de un idioma muerto. Las acarició con los dedos, deterioradas y pulidas por el tiempo, solo quedaba una frase intacta:

¿Eres uno de nosotros?

La puerta se abrió con facilidad.

Un enorme pasillo los recibió en silencio, al otro lado, paralelo a la puerta de entrada, había una gran ventana que daba al jardín central y un elevador transparente, el vidrio estaba húmedo y empañado. No se veía mucho, la única luz con la que contaban era la de sus propias lámparas.

Renat pensó en disparar una bengala para ver si eso mejoraba su visión del jardín, pero decidió no hacerlo, había tomado una de las pistolas del campamento y no quería tener que explicar al equipo oficial porque había faltantes en su inventario.

—Las marcas de aquí se repiten varias veces —dijo Soren al acercarse a la puerta del elevador—. Esta frase —la señaló— atraviesa el vidrio, como si la puerta hubiera sido hecha con estos agujeros.

Lo que es prestado es devuelto.

Lo que es devuelto regresa como se fue.

Entrar es saber y saber es elegir.

—Yo hubiera esperado encontrar eso en la entrada a la biblioteca —comentó Renat tras recitar lo escrito en el vidrio.

—¿Puedes leer las demás frases? —preguntó Izzet mientras alumbraba las letras con su lámpara de mano.

—Las que entiendo dicen más o menos lo mismo. La cantidad de dialectos que se encontraban ahí eran más de los que él dominaba, si tomaba en cuenta solo el idioma, el lugar debía ser más antiguo de lo que decían las investigaciones preliminares. El elevador, sin embargo, era más moderno de lo que esperaba.

—Parece que solo se puede ir en dos direcciones, al jardín al frente o por el pasillo a la derecha —dijo Soren tras analizar el sitio.

Izzet dio unos pasos, el tintineo de sus botas sonó por todo el lugar, caminó un poco más y con un leve golpe en la suela de las botas las hizo dejar de sonar.

Renat supuso que cambió a una frecuencia que solo él escuchaba.

—Hay muchos espacios vacíos.

—¿Cómo que espacios vacíos? —preguntó Soren.

Izzet creó una serpiente transparente que saltó desde su brazo al piso y se perdió en la oscuridad. Luego de unos segundos hizo una mueca de desagrado.

—Quiero decir que hay muchas habitaciones cerradas. —Izzet se alejó del elevador y se adentró a las sombras del pasillo por donde había enviado a la serpiente. —El camino se extiende hasta una pared y da la vuelta hacia arriba, hay varias puertas, pero también hay lugares que no las tienen y mi magia no puede atravesarlas. Debo acercarme para inspeccionar que tipo de material tiene que no me deja localizar las uniones entre los cuartos. Si empezamos por aquí terminaremos antes del siguiente ciclo.

—Encontrar *los registros* es la prioridad y será más fácil si empezamos a buscar en el lugar donde los antiguos recolectaban los escritos importantes. ¿Ya encontraste la biblioteca? —dijo Soren, con más volumen del que era necesario.

Izzet detuvo su inspección de la pared de roca para voltear hacia Soren.

—Está en la parte inferior —le respondió— es el cuarto más grande, está lleno de muebles, que asumo son libreros, pero puede que no esté ahí lo que buscan, considerando que son escritos valiosos podrían estar escondidos en una de las habitaciones que no puedo sentir. Pero no soy yo quien los busca, así que Renat, ¿cuál es tu opinión?

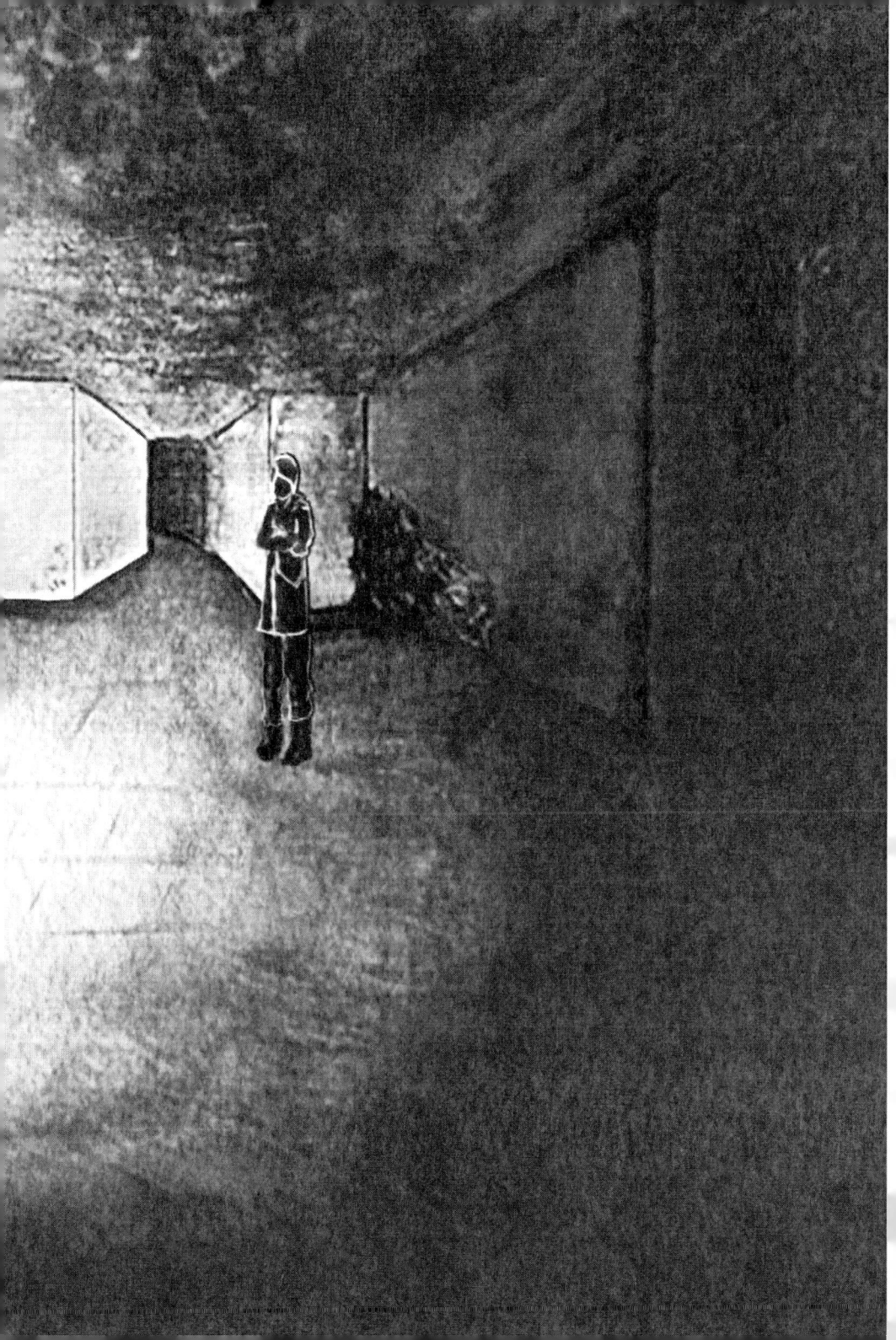

—¿Es lo único que hay en la parte de abajo?

Izzet miró la puerta del elevador.

—No puedo ubicar lo que hay en el jardín además de las plantas, veo espacios vacíos, lugares donde seguro hay algo, pero no sé qué. Podrían ser trampas hechas del mismo material que bloquea mi magia aquí arriba, también hay un camino que corre alrededor de la pared interior de la torre, justo debajo de nosotros.

»Rodea el jardín hasta pasar de la mitad y llega a una puerta, esa habitación colinda con la biblioteca, aunque es un cuarto cerrado.

Renat tocó el ventanal, el frío y la humedad de afuera chuparon el calor de sus dedos. La sensación le recordó a los insectos muertos afuera de la torre y se preguntó si el mismo tipo de parásito crecía allí abajo. Sacudió su cabeza. No importaba, con que evitaran el contacto con lo que se viera sospechoso estarían bien. Irían por el camino y si era una simple pared lo que separaba el cuarto cerrado de la biblioteca, entre él e Izzet podrían derribar una parte para entrar desde ahí.

—Vamos por el jardín —les dijo— traeremos el libro primero y luego podemos investigar lo demás.

A él le gustaría ir por el pasillo y recorrer cada sala, pues quién sabe qué otras cosas valiosas podrían encontrar aquí, pero su prioridad eran *los registros*, ya después volvería a entrar.

Izzet miró el pasillo una vez más y suspiró.

—Cómo quieras.

Soren le sonrió a Renat y éste le devolvió la sonrisa.

Que le diera la razón siempre lo hacía feliz.

Renat entró al elevador y agarró la cuerda que colgaba del medio. Se veía seguro y resistente, la cuerda no estaba roída ni desgastada, extraño para un lugar tan viejo. Era, además, lo bastante amplio para que los tres bajaran juntos.

Soren puso su pie en un espacio elevado en el suelo, a un lado de los pies de Renat, y el elevador se movió hacia abajo. Izzet reaccionó de inmediato, agarró la cuerda y detuvo la caída. No evitó, aun así, que Soren chocara contra Renat por el movimiento y que ambos golpearan la pared de vidrio dejando una pequeña grieta.

—Apenas entras y ya estás rompiendo cosas, Soren —dijo Renat entre risas.

—No es cierto Renat, yo siempre tengo cuidado.

—Díselo a los platos del departamento.

Soren frunció el ceño y miró al suelo.

—El espacio para guardarlos es pequeño, no es mi culpa que se caigan y solo es un rasguño, no rompí nada.

Renat sonrió y despeinó a Soren con la mano, luego alumbró la grieta.

No fue un golpe serio, pero tendrían que tener más cuidado.

—¿Podrían dejar de moverse? El mecanismo de esto es manual, siguen encima del freno y la caída no es tan corta.

—Como si no te gustara presumir que puedes cargar el peso del elevador con nosotros adentro —respondió Renat—. Izzet sostenía la cuerda con una mano y mantenía el elevador quieto. Soren y él se hicieron a un lado para que entrara con ellos. —Listo, ya bájanos.

En el nivel inferior era aún más difícil de ver que en el superior, la neblina tapaba la parte descubierta del camino de piedra que iban a seguir, tan densa que parecía un muro blanco. Lo único que la diferenciaba del techo y la verdadera pared era la falta de enredaderas creciendo sobre ella.

Renat se talló los brazos al salir del elevador. Pensó en la playera térmica guardada en una de las maletas en el campamento y se regañó a sí mismo en silencio, debió habérsela puesto como Soren le había dicho.

¿Cómo iba él a saber que dentro de la torre haría tanto frío cuándo la piedra de afuera es conocida por mantener el calor?

—Ten cuidado con... —un grupo de polillas voló del suelo y desaparecieron entre la niebla cuando Renat empezó a caminar por el corredor. —No importa —terminó de decir Soren —Ya encontraré otra.

A mitad de camino, Renat ya se había arrepentido.

«¿Por qué no habían llegado aún?»

El pasillo se extendía más allá de la débil luz que les ofrecían las lámparas de mano. La pared derecha y el techo estaban cubiertas de enredadera seca.

Todas en la misma posición. Todas desapareciendo en la niebla densa de la izquierda. Con el mismo color. Los mismos patrones. Bolas grandes y blancas como tumores en la pared. En el suelo. En el techo. Puntos blancos y amarillos en todas direcciones.

Hojas con verrugas blancas. Abiertas, viscosas. Color rojizo, casi negro, como pústulas reventadas desde dentro. El olor era fuerte, una mezcla de carne fresca y pasto muerto, apenas tolerable.

Soren recogió muestras de esas hojas. Debían avanzar.

Renat se rascó la nariz con un dedo y tragó saliva. Puntos minúsculos en sus manos y su ropa.

El olor lo invadió como bichos inquietos que congestionaron sus pulmones. Cada paso era hierro hirviendo bajo las plantas de sus pies. Los músculos se estiraban más allá de su capacidad, una liga dando su último esfuerzo. Quería llorar. Quería que las lágrimas corrieran. Que se llevaran la comezón por la que no podía tener los ojos abiertos. Quería dejar de ver esas bolas blancas. Gelatinosas. Esponjadas. Grandes.

¿No se estaban volviendo más grandes? Izzet tal vez le dijo algo. ¿Cuánto tiempo llevaban caminando?

Soren iba al frente con frascos listos para recoger cualquier otra cosa rara que se le atravesara, en algún momento se había puesto la única máscara con filtro que llevaban. Y aun así tenía los ojos rojos e hinchados.

A Renat no le gustó, verlo así le recordó la vez que pasó dos semanas en cama y no tenían para comprar la medicina, en esa ocasión él creyó que Soren no sobreviviría, por fortuna aquí seguía.

Izzet, en cambio, no parecía tener ninguna molestia.

La suerte de ser un vampiro con magia curativa y autoregeneración instantánea.

Renat tosió con fuerza. No tenía agua, al parecer ya se la había terminado y no iba a dejar que Soren lo regañara.

Optó por taparse la boca y la nariz con el brazo.

Soren agarró la mano de Renat.

—¿Quieres la máscara un rato? —no le dio tiempo de decir que no cuando ya se la estaba ajustando. —Hay que

regresar, creo que hay esporas venenosas y hay que an...
Soren sacó el cuchillo que guardaba en su antebrazo.
Su cara pálida. Renat volteó y vio el camino de regreso
cubierto de bolas grandes y esponjadas. Juntó aire
caliente en la mano.

—No los ataques —le susurró Soren— creo que son
los que han estado soltando las esporas. Señaló los
puntos blancos en la ropa de ambos sin perder de vista a
los seres redondos.

Renat bajó la mano con calma. Las bolas suspiraron.
Tranquilas. Cerca. Avanzando. Amontonadas en la
esquina entre la pared y el suelo, entre el techo y la
pared. Algunas con la mitad en la niebla.

Uno de los seres se adelantó sin aviso y tocó la bota
de Izzet, este la pateó con fuerza y la cosa reventó en el
aire, de su interior volaron partes de gusanos negros, de
moscas y de ratas, todos descompuestos. Renat miró a su
alrededor, las bolas habían cubierto por completo el piso,
el techo y las paredes, los habían acorralado, estaban en
todos lados, cerraron el espacio, engulleron el camino al
frente y de regreso, el aroma fétido atravesaba la
máscara. Los seres inhalaron de nuevo y esta vez
exhalaron polvo amarillento que se pegó en las
enredaderas y sus ropas.

—¡Renat, aquí! —gritó Izzet.

Renat lanzó aire como balas para abrir el paso. Su
corazón latía desesperado. No iba a dejar que unas
pelotas lo derribaran.

Izzet corrió por los espacios libres, el sonido de sus
botas haciendo eco por las paredes. Renat agarró a Soren
de la muñeca y lo jaló, ambos esquivaron a los seres
tanto como pudieron, algunas intentaron pegarse en sus
piernas y otras reventaron por su cuenta liberando más
esporas amarillentas.

Renat sintió las lágrimas intentando limpiar lo que
se había metido en sus ojos. Necesitaba tallarlos, le
ardían y le picaban, pero su mano libre tenía puntos
blancos y amarillos y tal vez sería mejor no hacerlo.

De pronto Izzet desapareció en un espacio de la
pared. Renat apretó la muñeca de Soren y ambos
pasaron por el estrecho pasaje.

Capítulo 3

EL CAMINO DE LOS INSECTOS

Habría gritado de no tener la garganta ardiendo. ¿De qué servía tener a un excelente rastreador contigo si no iba a avisarte de los peligros?

—¿Qué eran esas cosas? ¿No las sentiste Izzet?

—No puedo saberlo Renat —respondió Izzet. Sus ojos se veían rojos e irritados, al fin, una muestra de que también le estaba afectando el ambiente del lugar. —Tal vez son hongos —siguió diciendo— o plantas carnívoras, animales ¿tal vez? Vi que estaban en el camino, pegadas en las paredes, pero no se movían ni detecté su muestra de calor hasta que ya estaban muy cerca.

Soren estaba en silencio, la mirada fija en un punto de la pared, mordiéndose las uñas de las manos. Respiraba con dificultad. Renat se acercó y le puso la mano en el hombro. El hombre se sobresaltó con el toque.

—Está bien Soren, relájate, esas cosas no están aquí —dijo y le regresó la máscara—. El aire aquí es fresco debe haber un filtro o algo, mejor guarda el oxígeno para cuando salgamos.

Soren señaló donde había más enredaderas enfermas con pequeñas bolas blancas.

—Crecen en las plantas parece, debe haber más por aquí.

Su voz estaba apagada y las sombras bajo sus ojos tan marcadas que parecía que lo habían golpeado. Renat trató de no pensar en los síntomas visibles, pero no podía ignorar que Soren estaba tan pálido que podía ver sus venas a través de la piel. Su respiración era rápida y cortada y el temblor de sus manos se había extendido hasta los hombros.

—Hay que avanzar, en la biblioteca debe haber un camino que conecte con la parte de arriba y donde no estén estas cosas blancas. Te sacaré de aquí ¿de acuerdo?

—¡No me trates como si fuera de cristal! —Soren quitó la mano de Renat de su hombro. —No soy frágil, no tengo habilidades como las tuyas, pero puedo seguirte el paso.

Renat se agarró el puente de la nariz.

—Ya lo sé, Soren —le dijo. «Solo quería ayudar ¿por qué siempre tiene que cuestionarlo todo?». —No estoy diciendo que lo seas, sé que no te gustan las expediciones y prefieres trabajar en el laboratorio, es todo.

Soren lo vio a los ojos, serio. Era esa mirada que le decía que cualquier cosa que saliera de su boca sería usada en su contra. Así que se quedó en silencio.

—El cuarto cerrado del que les hablé está unos pasos más al frente —dijo Izzet de repente— será mejor que continuemos.

Renat agradeció su distracción, era el ambiente, él lo sabía, pero era injusto que Soren le reclamara por algo que estaba fuera de su control.

Decidió, mejor, respirar y continuar.

La habitación a la que llegaron estaba vacía salvo por una mesa, en cuyo centro había un cuadro de luz amarilla que caía desde el techo.

Renat pasó la mano por el espacio, la calidez ayudó a quitar lo entumido de sus dedos.

¿De dónde venía eso? No vio ventanas, ni palancas, ni botones, nada que lo explicara.

La habitación era solo un cubo. Habría pensado que era una zona de lectura o descanso, pero no tenía conexión con la biblioteca y ese rayo, no había visto algo así más que en reportes sobre la vida antes de la gran noche.

De las paredes salían pequeñas flores brillantes como las de afuera, que junto a la forma en la que estaba pintada la roca daban la impresión de un río fluyendo por las paredes.

Renat se acercó a unas y respiró hondo, el aroma era agradable y reconfortante.

—¿No tienes suficientes insectos muertos en el campamento? —dijo Renat al ver que Soren tenía los ojos puestos en las polillas que caminaban alrededor del cuadro de luz sobre la mesa.

—No pensaba agarrarlas de todos modos.

Pero tenía un frasco abierto en la mano.

Izzet y Renat rieron. Sí le dieran la oportunidad Soren se llevaría cada centímetro de este lugar.

—Pero este tipo de polillas —Soren tosió y algunas volaron— no tienen boca, no deberían poder hacer eso, ninguna polilla que conozco tiene esa estructura.

Izzet y Renat se acercaron. Renat no solía poner atención a los insectos que Soren tenía en la casa, pero sabía que así no se debía ver su cabeza. La tenían un poco más amplia, como una hormiga. Una de las polillas caminó hacia el cuadrado iluminado, su cabeza se abrió por la mitad revelando toscas mandíbulas con las que tomó un poco de la luz, y como si fuera un hilo la arrastró hacia un extremo del cuarto. Una a una las demás polillas hicieron lo mismo, luego volaron juntas y atravesaron la pared.

Soren rodeó la mesa empujando a Izzet y apuntó su lámpara por donde se fueron los insectos.

Las hebras que jalaron las polillas se convirtieron en otro río, uno que era devorado por la piedra.

Izzet tocó la pared y no sucedió nada.

Renat movió el aire de la habitación esperando encontrar el hoyo por donde se fueron las polillas, pero este solo rebotó cálido hacia él.

Antes de que Renat le dijera a Izzet que destruyeran la pared, Soren se adelantó, agarró la cuerda de luz y al tocar la pared su mano la atravesó.

Eso no lo esperaba.

—Increíble —dijo—. Un hilo de luz genuino, leí que los protegidos de Sol lo usaban para marcar caminos ocultos con magia de protección. Creí que ya no quedaban seres capaces de manipularla.

—Afuera no queda nadie, por eso Renat y tú quieren los registros ¿cierto? Es información invaluable.

Renat agarró el frasco olvidado, capturó a una polilla que quedó rezagada, e interponiéndose entre ambos hombres, se la dio a Soren.

—Izzet no viene por eso, el libro será nuestro descubrimiento. Estás muestras serán otra prueba a nuestro favor.

—Puedes no creerlo, pero los secretos de la luz no son la única información invaluable —aseguró Izzet.

Soren apartó la vista y guardó el frasco con los demás. Una silenciosa muestra de que no iba a pelear por el comentario.

—Por eso hay que seguir, yo iré primero —dijo Renat jalando el hilo de luz.

Del otro lado había un pequeño pasillo donde el hilo descansaba en el suelo.

A unos pasos más adelante, las polillas se habían amontonado en el marco de una entrada sin puerta, la luz del hilo se reflejaba blanca en sus ojos negros. Todas aletearon sin volar y como un coro desafinado dijeron:

Somos uno, somos muchos.

Aquí estábamos y aquí estaremos.

¿Has olvidado la historia de tus fragmentos?

Renat pasó saliva. Las manos le sudaron. Los ojos de los insectos lo miraron. Fijos. Atentos.

¡Ya basta!

Renat comandó a la brisa con los dedos y ésta dispersó a los insectos por el pasillo, quienes volaron a su alrededor y se fueron por donde habían llegado.

—¿Por qué hiciste eso? —preguntó Soren atrás de él. Izzet tenía las manos dentro de los bolsillos de su gabardina. —Ellas nos mostraron el camino, no tenías por qué asustarlas.

—Escuché… —«a esas pequeñas cosas recitar dentro de mis oídos y se sintió como si hubiera chocado la cabeza contra vidrios rotos» pensó Renat. —Nada —dijo en su lugar—. Tengo sed y me duele un poco la cabeza.

Izzet levantó una ceja, pero no habló.

«Mejor, que guarde sus comentarios»

Después de todo, al fin habían llegado.

El salón de la biblioteca era enorme, con un gran ventanal que daba al jardín, igual que en el piso de arriba, donde no se veía nada más que la espesa niebla y las enredaderas que enmarcaban el vidrio.

Como lo esperaba, un gran mural adornaba la estancia.

—Impresionante en verdad, aunque, como ustedes no cuentan con visión nocturna, les hará falta iluminación, busquemos algo, debe haber velas o antorchas por aquí.

—Cómo si eso prendiera.

Izzet le lanzó una piedrita, sin fuerza.

—Con paciencia aún se puede —le respondió ofendido.

Sí...

No. Había una razón por la que las lámparas de mano (que ellos tenían por parte de la organización Heka) costaban varios litros de sangre. Encender una luz cálida requería de muchísima magia, pues el fuego se fue con Sol.

Los antiguos lo habían tenido fácil, incluso los no mágicos podían encender una llama si sabían cómo hacerlo. A Renat aún le costaba trabajo comprender cómo eso era posible. Y ni siquiera lo necesitaban porque tenían sus máquinas para alumbrarlos. Otra de las cosas que se fueron junto con la luz natural.

Sin embargo, el cuadro de luz de la sección anterior se veía como algo tecnológico, esta torre perteneció a hechiceros, pero había mucha comunicación entre ambas culturas, quizá algo similar a la luz del cuadro se podría prender aquí, así que empezó a tocar la pared en busca de lo que fuera que les diera más visibilidad cuando Soren lo jaló y llevó a una parte del mural.

—Mira lo que dice aquí.

Soren iluminó el dibujo con su lámpara de mano, el mural mostraba a una persona inclinada ante una persona de fuego que estaba sentada en un árbol de tronco negro. Las hojas del árbol estaban hechas de un material distinto, más brillante que el resto.

Renat leyó lo que estaba tallado:

Es en la oscuridad donde los miedos florecen, es en la luz dónde se revelan. Toma una hoja e ilumina tu camino.

—Por supuesto —Izzet miró el dibujo desde atrás de ellos, y luego recorrió con los dedos las ramas secas de la enredadera que atravesaba el vidrio por un agujero.

—Las enredaderas son plantas de luz.

—¿Igual a los arbustos de Irkala? —preguntó Soren.

—No, esos son artificiales, no están vivos, son conductores de la magia de la reina. Esta torre fue construida antes de la gran oscuridad, cuando las plantas vivas generaban luz tan intensa que iluminaban regiones enteras. Solían comunicarse con otros seres vivos de esa manera. Éstas —señaló a las enredaderas de la ventana— debieron secarse cuando se infectaron con esos parásitos blancos, pero no están muertas, aún no.

—¿Podrías curarlas Izzet?

Si solo estaban enfermas Renat estaba seguro que un poco de su sangre sería suficiente.

Izzet miró sus manos, las palmas estaban quemadas.

—Completa no, quisiera estar seguro de su extensión antes de intentar cualquier cosa. Una parte, tal vez.

Estaba bien, solo necesitaban la suficiente luz para iluminar el mural completo, lo que haría más sencillo hallar *los registros*. Renat asintió.

Izzet agarró su cuchillo y se cortó la palma de la mano, antes de que cerrara la herida la colocó encima de una rama. La planta de inmediato trepó por su mano hasta pasar de la muñeca y entonces se encendió. La luz se extendió por sus ramas y hojas e iluminó los grandes estantes de la habitación. La niebla de afuera se dispersó lo suficiente para ver el pasto húmedo.

La biblioteca abarcaba al menos cinco pisos con estantes que iban del suelo al techo, de algunos de ellos sobresalían repisas con barandal, aunque no había escaleras para subir. Izzet no las necesitó, saltó a uno de los anaqueles medios y comenzó a tomar notas.

Presumido.

Renat y Soren también se pusieron a trabajar.

Varios insectos muertos estaban regados por todo el lugar, ninguno completo, algunos no tenían las patas, a otros les faltaba un ala o las antenas, había unos con solo la mitad del cuerpo y otros sin cabeza. Los que estaban vivos eran los menos y un poco más grandes de los que Renat estaba acostumbrado a ver, en su mayoría con partes faltantes.

Las polillas, sin embargo, estaban intactas, se habían posado en las ramas de la enredadera iluminada. En silencio, como debía ser, las polillas no hablan.

Después de inspeccionar una gran parte de la pared donde el dibujo estaba menos entendible, Renat se detuvo junto a Soren, quién observaba una parte del mural con atención.

En donde estaba la figura del árbol que iluminaba la biblioteca con el hombre de fuego, había otra cosa. Escondida atrás del árbol y su luz, una silueta negra daba la impresión de mirar hacia el espectador, como invitándolo a acercarse. Cerca de esa sombra había otras sombras, torcidas y contorsionadas, algunas parecían estar pegadas entre sí, algunos tenían huesos verdes que salían de sus cuerpos.

Debía ser un color ceremonial.

Siguiendo con la inspección vio una leyenda que estaba escrita junto a las deformidades, la reconoció de inmediato, era la misma que vieron en el elevador:

Lo que fue prestado es devuelto. Lo que es devuelto regresa como se fue.

Soren volvió a toser, esta vez con un sonido ronco y más agresivo.

—Ya sé dónde está —le dijo a Renat— mira. Señaló una parte del mural, alejada de la escena con los huesos verdes, una imagen que mostraba un libro con varias manos brillantes agarrándolo, en su portada había un círculo con cuatro puntas grandes y cuatro pequeñas con un aro encima, el símbolo de Sol.

—¿Lo ves Renat? En el libro hay unas ranuras que no siguen el patrón de su portada, creo que se puede abrir.

La manga de Soren se hizo para atrás cuando señaló y Renat vio que la piel de la muñeca había pasado del pálido natural de su piel a un grisáceo claro con manchas blancas.

De inmediato tomó su brazo. Soren parpadeó con rapidez y se quejó, pero no pudo liberarse de su agarre.

Ahora que Renat lo veía en la luz, se dio cuenta de lo blanco que estaban sus ojos, de cómo el gris era más verdoso en su mejilla izquierda y los puntos blancos que habían aparecido en su frente.

Sin pensar en ello, Renat acarició la cabeza de su prometido y entre su cabello sintió un bulto, pequeño y palpitante que no debía estar ahí. Renat apartó su mano deprisa.

—¿Qué pasa? —dijo Soren. Renat sostuvo su mano antes de que se tocara la cabeza.

—Nada. Nada, ¿cómo te...?

—Estoy bien —interrumpió Soren. Jugó con el anillo de compromiso. —Estoy bien —repitió.

Renat apartó la mirada. Pronto saldrían de aquí y todo estaría bien. De nada servía preocuparse si no tenían con que tratarse. No debía distraerse.

Se concentró en la pared. Imaginó que en la piedra había un pedazo del cual agarrarse y lo tomó como si de verdad estuviera ahí.

Se mordió la lengua intentando no gritar cuando cerró los puños, cada hueso de sus dedos se quejó con una fuerte punzada que le recorrió todo el brazo.

—No importa —dijo para sí. Soren tenía razón, ya tendrían tiempo de curarse.

Usando toda la concentración que pudo jaló la piedra con su aire. El pedazo de roca cayó al suelo con un gran golpe que levantó mucho polvo y asustó a los insectos que caminaban por ahí. Un libro descansaba sobre una cama de hongos fluorescentes. *Los registros dorados.*

Capítulo 4

PLAGA

Renat miró el libro, era perfecto. Increíble, lo había logrado, había encontrado una de las piezas de información más antiguas de las que se tenía conocimiento. Nadie volvería a burlarse de él, con esto les demostraría a los líderes de los Heka que él era tan capaz de hacer las cosas como todos aquellos que habían estudiado toda su vida.

—No lo toques —dijo Izzet. Renat paró la mano a unos centímetros del libro. —¿Sabes cuánto tiempo lleva eso ahí? Usa los guantes, hay que asegurarnos que no tiene sustancias nocivas y lo más importante que no se vaya a desintegrar en cuanto lo toquen.

Renat estaba tan contento que se le olvidó que eso era una posibilidad.

Asintió y se hizo a un lado para dejar que los expertos trabajaran. Izzet lo revisó primero, con cuidado tocó una de las esquinas del documento con su mano cubierta en la magia verde que suele utilizar para todo y despegó la primera hoja. Cuando estuvo seguro de que no se iba a deshacer, dejó que Soren se acercara a hacer sus pruebas.

Después de dos horas, ambos hombres le indicaron a Renat que era seguro para su transporte.

El libro estaba en muy mal estado, las hojas no se habían deshecho al tacto, pero estaban descoloridas y el papel roído, apenas se podían distinguir las letras.

—Quita esa cara Renat —le dijo Izzet— está en mejor estado de lo que esperaba, mira, hasta hizo mi trabajo más fácil—. Le enseñó la página que había despegado donde estaba dibujado el mapa del lugar, no se alcanzaban a leer las especificaciones y el dibujo no era tan claro, pero algo se entendía. —Una vez que Soren lo tenga en un lugar seguro, podremos acordar una fecha para que lo restaure.

Izzet le pasó el libro a Soren, quién lo guardó en un estuche especial. Una vez asegurado lo pusieron en la mochila de Renat.

Izzet les mencionó que la puerta que conectaba al resto de la torre estaba al fondo y cerrada. La enredadera iluminada no llegaba hasta allá y cómo no estaban seguros de sí encontrarían más parásitos por ese camino decidieron que lo mejor sería volver por dónde entraron. No les tomaría mucho tiempo, ahora que sabían sobre los parásitos y sus esporas podrían turnarse la máscara con filtro y evitar los efectos.

Con todo listo, Renat se dispuso a regresar. Izzet no los siguió.

—Voy a quedarme, aún debo terminar el mapa y ahora que sé que hay seres peligrosos y hechizos vigentes me temo que tardaré más de lo planeado. Si está bien para ustedes, pueden esperarme o pueden irse.

—No veo porque no podemos esperarte —respondió Soren— ya tenemos *los registros* y la expedición no llegará hasta dentro de tres ciclos, creo que podemos descansar un rato y mientras planear la salida, quisiera no ver a los parásitos blancos en la medida que se pueda.

Izzet asintió y se perdió entre los muebles.

—Escucha, ¿estás seguro de que es buena idea esperar? —Renat evitó ver a Soren, no quería encontrarse con que la cosa que le estaba creciendo en la cabeza se veía entre su cabello.

—Estoy cansado. Necesitaba un momento para

respirar, pero si te sientes tan inquieto podemos esperar en la sala de las polillas y el cuadro de luz, el aire de ese cuarto se sentía bien. ¿Crees que hay que avisarle a...?

—No, no será necesario —dijo Renat—, Izzet puede escucharnos.

Una vez en movimiento sería más sencillo convencer a Soren de adelantarse a Izzet y salir de la torre.

Renat ajustó la mochila con el libro a su costado y se dirigió a la puerta. Se congeló.

En el pasillo estaba un monstruo un poco más grande que una persona de pie, con un cuerpo grande y globoso como el de las arañas, de un color verde brillante y manchas marrones. Una parte se le veía hinchada y sangrante. Seis patas de rata salían de entre su abdomen abultado y cabeza alargada. Parte de la cabeza era calva como de insecto, pero terminaba con hocico de roedor, y del lugar donde debían estar sus ojos le salían dos tallos de filamentos largos que movía como antenas.

Un grito sonó tras él. Renat y el monstruo se movieron al instante, Renat se aventó sobre Soren, evitando que la criatura lo alcanzara y ambos rodaron por el suelo hasta golpear una de las mesas. La mochila de Soren acabó varios metros lejos de ellos, los frascos con las muestras se dispersaron y algunos se rompieron. Renat se aferró a la mochila donde estaban *los registros* pero las garras del monstruo alcanzaron a cortar su espalda y rompieron el asa. El golpe lo aturdió tanto que no pudo volver a levantarse.

Sintió como lo estaban jalando y le tomó un momento comprender que era Soren.

Renat movió las piernas, se tambaleó y el ardor en su espalda lo hizo caer de nuevo. Todo en su campo de visión estaba borroso.

El monstruo era una gran mancha deforme que se estaba acercando.

Renat lanzó flechas de aire, pero el monstruo no se detuvo. Tenía que moverse y su cuerpo no quiso obedecerlo. No podría esquivarlo, no podría hacer nada más que esperar por el impacto.

Un tirón hizo que el mundo le diera vueltas y un dolor agudo en la pierna le sacó un grito.

Soren intentó jalar a Renat hacia atrás, pero el monstruo fue más veloz y agarró su pierna. La cabeza de Renat rebotó en el suelo y le sangró la nariz y la boca. Podía escuchar la voz de Soren gritando, pero no entendía nada. Su pierna ardía y crujía en las garras de la bestia que lo tenía inmóvil.

Entre el dolor y los puntos blancos que nublaban sus ojos vio que Soren golpeaba al monstruo con un pedazo de madera que sacó de algún lado.

«Viento», pensó «aire, tenía que juntar aire y lanzarlo lejos».

Tenía que levantarse, pero su cabeza estaba caliente y pesada y el dolor retumbaba en el interior de su cráneo como si lo estuvieran apedreando por dentro.

De pronto el peso que aplastaba su pierna desapareció y un líquido cálido cayó sobre su cara. Renat sintió el calor expandirse por sus ojos y el dolor bajó lo suficiente para que su vista se aclarara.

Izzet estaba frente a ellos, alejando al monstruo con la pistola de bengalas. Su hombro estaba cubierto de sangre. Disparó una vez y otra vez alejando al monstruo de ellos. Este último chirriaba y se retorcía con cada golpe.

—¡Renat tenemos que irnos! —gritó Soren y tiró de su brazo, arrastrándolo por el piso como pudo hasta que Renat logró pararse y seguirlo.

Soren ya estaba atravesando el pasillo cuando Renat se detuvo en seco y dio la vuelta.

—¡¿Qué haces?!

Los registros, no podía dejar *los registros*, no sería nada si no podía llevarse *los registros*.

Su mochila estaba bajo una mesa, así que corrió hacia ella.

Cerca, ya casi los tenía, un poco más, solo tenía que estirarse un poco más.

El monstruo se dirigió hacia él mostrando sus grandes dientes, pero Izzet salió de la nada y le arrancó un pedazo de carne con sus propios colmillos, antes que el monstruo reaccionara, separó el miembro del cuerpo con las manos. Aun así, el monstruo logró aventar a Izzet contra la ventana y luego se lanzó contra él. El impacto rompió el cristal y ambos cayeron en el pasto del jardín.

Era su oportunidad para escapar.

Renat miró la salida y a Soren que observaba la pelea desde la entrada a la biblioteca. Dudó. Juntó aire en sus manos, agarró la mochila y fue hacia donde seguía la lucha.

Su pecho se sentía apretado y la garganta raspada. Su pierna apenas sostenía su peso. Huir era lo único en lo que podía pensar, pero no podía abandonar a su amigo, no iba a hacerlo. Los pasos de Soren lo siguieron de cerca.

La batalla continuó en el jardín. El monstruo se levantó y atacó con el gran aguijón que salía de su abdomen. Izzet esquivó los golpes y las mordidas con agilidad mientras golpeaba y arañaba lo que alcanzaba.

Renat lanzó una ráfaga que apartó al monstruo de Izzet y comenzó a lanzarle pedazos de vidrio. Necesitaba cortar ese aguijón. Necesitaba matar a esa cosa.

Uno de los vidrios que lanzó dio en el abdomen del monstruo y este chilló un alarido fuerte y agudo. Ahora tenía su atención.

Aún así, su magia de viento no le permitiría acercarse.

De reojo, Renat vio a Soren ir hacia Izzet y lanzarle su cuchillo.

Excelente. Solo había que detener a esa cosa el tiempo suficiente para que Izzet lo matara.

Renat respiró con dificultad y su cuerpo tembló sin control. No, no, no. Tuvo que dejar de usar su magia de inmediato, antes de que él mismo se drenara por completo.

Los trozos de vidrio a sus pies se habían terminado y el monstruo seguía yendo hacía él. Pero antes de que pudiera tocarlo Izzet lo salvó de nuevo, jaló la bestia hacia sí. El monstruo logró voltear a tiempo, cayó con todo su peso sobre Izzet y lo empaló en el pasto con el aguijón. Al mismo tiempo, Izzet atravesó su cabeza con el cuchillo de Soren. Ambos quedaron inmóviles en el suelo.

Renat gritó y usó el aire para quitar al monstruo muerto de encima de Izzet. El mundo se volvió blanco unos instantes. Cayó de rodillas y tosió, manchó el pasto con saliva y flemas verduzcas.

No podía ser, no era posible que las cosas terminaran así.

Se arrastró hacia su amigo y quitó algunas de las vísceras que lo habían cubierto. Izzet estaba respirando, seguía vivo. Izzet estaba cubierto de sangre, con un hoyo en el abdomen y una rajada enorme en el hombro derecho, pero aún respiraba. ¡Seguía vivo, Izzet seguía vivo!

—Estoy bien, ya cerrará —le dijo a Renat.

Parecía que no se había dado cuenta de la gravedad de sus heridas

Soren no se vio convencido, pero no dijo nada. Renat, en cambio, sabía que era cierto, es probable que Izzet se curaría antes de que llegaran al campamento, aunque nunca lo había visto tan herido antes.

Chirridos hicieron eco en el lugar.

—Renat hay que apurarnos —dijo Soren y ayudó a Izzet a ponerse de pie. —El elevador está allá, no es lejos, vamos.

Renat amarró la correa de la mochila donde estaban *los registros dorados* y la colgó en su hombro, luego acomodó el brazo de Izzet sobre su cuello para ayudarlo a caminar y comenzaron a avanzar.

El aroma a podrido de pronto inundó el jardín y las enredaderas comenzaron a apagarse. Renat miró hacia atrás y vio a los parásitos blancos sobre las plantas, comiendo las hojas recién curadas. Tenían que apurarse, no quedaba mucha luz y pronto la niebla los envolvería de nuevo, por ahora podrían seguir sin interrupciones. Mientras las bolas blancas se mantuvieran ocupadas con las plantas, ellos tendrían oportunidad de salir.

Capítulo 5

EL SANTUARIO DE LAS POLILLAS

Cuando las esporas no estaban jugando con tu cabeza el camino era mucho más corto. Parecía que solo habían dado unos cuantos pasos cuando ya estaban en el elevador. El alivio era casi palpable.

El elevador estaba limpio e intacto, de hecho, parecía nuevo, sin marcas, sin rayaduras, sin la grieta que le habían hecho al entrar.

Al tocarlo desapareció. No había sido más que una ilusión. Otro de los pilares que seguían apareciendo en el camino, cada uno más roto que el anterior.

«¡¿Por qué?! No había nada a su alrededor, ni los parásitos blancos, ni otra bestia, ni el olor podrido de las esporas, ¿por qué seguían viendo esas ilusiones?»

—¿Estamos cerca Izzet? —preguntó Soren.

—Estamos en la mitad del jardín —respondió Izzet. Su voz era apenas un murmuro. Las heridas se estaban cerrando, pero había perdido mucha sangre. —Vamos bien, solo hay que seguir avanzando.

Los tres continuaron por un tiempo, caminando entre ilusiones de puertas y columnas hasta que el elevador volvió a estar a la vista.

Renat ayudó a Soren a acomodar a Izzet en el suelo y fue a investigar. Su pierna lastimada agradeció la pérdida del peso extra.

Cuando tocó la puerta de vidrio, esta no desapareció ni cambió de forma, la grieta que había causado Soren y él seguía ahí. Era real.

Pronto estarían en la comodidad del campamento, tratarían sus heridas y enviarían los registros a un lugar seguro. Dentro de todo, las cosas habían salido bien.

Con una seña les indicó a los otros dos que se acercaran y dio un paso hacia ellos para ayudar a Soren a levantar a Izzet.

Pisó agua.

Renat alzó la vista y un gran lago estaba enfrente, ni Soren ni Izzet se veían. Deprisa avanzó, pero el piso ya no estaba ahí.

Cayó y cayó.

Entonces recordó porque no habían cruzado el jardín en primer lugar.

Cuando volvió en sí, polillas gordas y peludas caminaban en el techo liso y semi-oscuro.

Sus pulmones quemaron sus adentros cuando aspiró aire, su espalda se sentía rígida y húmeda. Algunas polillas volaron sobre él, se pararon en el piso a su lado y tomaron de la sangre que estaba ahí.

Volvió a cerrar los ojos e hizo un chequeo interno, estaba entumido, pero aún sentía, y la pierna que el monstruo de la biblioteca había herido seguía siendo lo que más dolía. Nada más grave le había sucedido, por suerte. Solo necesitaba recuperar algunas fuerzas y se pondría de pie. Quizá usaría la correa de su mochila para estabilizar la pierna y cargaría el resto con las manos.

No. No era posible ¡¿dónde estaba?!

De inmediato quiso moverse y buscar *los registros*, pero el mundo giró y volvió a acostarse.

Estaba perdido.

Los había perdido, no había nada que hacer, había

perdido su mejor oportunidad de tener una vida decente. Su muerte pasaría sin más pena ni gloria, sin recuerdos, sin historias, sin hazañas, desconocido, inexistente.

Sus párpados estaban pesados, dormir lo ayudaría a pensar mejor, sí, dormir le haría muy bien. ¡No! No, no debía dormir, Soren siempre le decía que cuando se golpeaba la cabeza tenía que estar despierto.

«Cierto»

Soren e Izzet debían estar en algún lado. Ellos de seguro lo estaban buscando. No lo abandonarían, Soren nunca lo dejaría atrás.

Con otro respiro, que lo hizo toser más flemas, se levantó, con cuidado de no poner más peso del necesario en la pierna herida.

Las polillas detuvieron sus movimientos y lo miraron con sus ojos negros y la luz blanca encerrada en ellos. Se llevó las manos a la cara tapando boca y nariz, el olor agrio y podrido que no había notado le llegó de lleno.

Miró el suelo y dio un pequeño paso atrás.

Esparcidos por todo su alrededor había cientos de animales desgarrados y rotos, vivos. Garras se aferraban a la piel que tuvieran al alcance, arrastraban piernas y torsos, cuellos y ojos hacia sí. Hongos deformes y de colores crecían de ellos y encima de todo estaban las polillas. Había grandes y pequeñas, café y azules, rojas, blancas, grises, todas caminaban sobre la carne descompuesta, sobre la sangre seca y los huesos salidos.

Y atrás de todo había un capullo amarillo y brillante, a mitad de la nada y lo negro. Energía y calor se desprendían de él.

Renat nunca había visto algo como eso, el color brillante y los rayos de luz tal y como se veían en las pinturas antiguas.

Era verdad.

La luz concentrada de verdad estaba dentro del Invernadero.

Se sintió atraído, ¿cómo no hacerlo? ¡Allá estaba la luz! La luz que iluminaría el mundo de nuevo, la luz de Sol. No solo sería rico, sería famoso, más que famoso sería un héroe.

Renat lanzó aire para apartar los cuerpos destrozados, tenía que llegar, tomar ese capullo y traer la luz, sería premiado, sería alabado y respetado, sería el salvador de todo su mundo. Podría comprar una casa para Soren y él, tener comida tres veces durante el ciclo y medicina cada vez que la necesitaran, podría incluso construirle a Soren un laboratorio, uno que fuera solo para él.

Cerca del capullo había varias calaveras y huesos tirados de un verde oscuro y brillante, las polillas se posaron, cada una, en un cráneo. Lo observaron atentas y con sus voces desafinadas dijeron:

La carne se pudre y la sangre se seca.

El cuerpo se amalgama y el alma no olvida.

Nosotros sabemos, nosotros elegimos.

Nosotros pertenecemos.

¿Eres tú, uno de los nuestros?

—Sí —dijo Renat avanzando— sí, tenía que serlo, tenía que ser él, él había escuchado las voces, había escuchado el llamado.

Por algo había acabado en ese lugar, las estaba escuchando ahora.

El dolor de las piernas se registró al instante. Ratas moribundas lo estaban mordiendo, tratando de llevarse un pedazo de él. Querían pasar a través de él, ir a la luz que salía de ese capullo.

Las quitó con viento y se apartó de su camino, vio a los animales intentar tocar el capullo, vio su piel y sus órganos caerse de sus huesos blancos, vio a los seres incompletos tomar las partes caídas y ponérselas como propias, y vio a las polillas encima de los huesos verdes, mirándolo, preguntando:

¿Eres tú, uno de los nuestros?

Su cuerpo se movía solo, en dirección al capullo brillante, tenía, debía tocarlo.

—¡Renat!

Él conocía esa voz. Soren.

Soren estaba ahí. Renat sacó volando a los que le estorbaban con el aire y se abrió camino hacia donde lo llamaban.

Lo encontró no muy lejos de donde estaba.

La luz del capullo todavía alcanzaba a iluminarlos.

Soren estaba usando su cuchillo para quitarse de encima lo que parecían ser arañas mal formadas y, a su lado, Izzet apartaba a los monstruos más grandes. La galaxia del rostro de Izzet, la que indicaba el uso constante de su magia, había desaparecido por completo.

—¡Soren! ¡Izzet! —gritó Renat.

Soren corrió a abrazarlo.

—Renat hay que salir, hay que ir antes de que lleguen, vienen más, muchos más, más, vienen, vienen…

—Soren, Soren ¿de qué estás hablando? —las manos de Soren no dejaban de temblar. Su playera estaba hecha jirones. Vio que el bulto en su cabeza ya sobresalía de su cabello y que más puntos habían aparecido en su cuello, su ojo izquierdo estaba cerrado y cubierto por una masa rugosa.

Izzet estaba hincado en el suelo con la herida del

abdomen a medio cerrar y la sangre escurriendo por su gabardina.

Renat cerró los ojos sin soltar a Soren, sus piernas mordisqueadas no lo sacarían de este lugar.

—No podemos, no puedo, apenas siento las piernas, Soren, lo siento, no debí traerte aquí.

Iban a morir y todo por unas hojas viejas que había perdido al caer en este hoyo.

—Sí puedes —dijo Soren sacando unos papeles doblados que tenía atorados en el cinturón y dándoselos en las manos junto con su cuchillo.

—¿Qué es esto? ¿Acaso es..., pero ¿cómo los conseguiste?

—Vete de aquí Renat —Soren abrazó a su prometido una vez más— llévate a Izzet y salgan del Invernadero, ellos no los atacarán, me lo prometieron.

—¿Qué? ¿De qué estás...?

—¡Escúchame y no hables! —le tapó la boca. —Hay una escalera, no la busques en la luz, no los molestarán en la oscuridad, no te desvíes, no lo pienses y sigue al frente.

Pasos pesados los rodearon. Fuera del alcance de la luz, seres gigantes y deformes avanzaron hacía ellos.

Soren acarició la mejilla de Renat.

—Yo no puedo irme Renat, pero ustedes, ustedes pueden regresar, tienen que regresar, yo puedo evitar que los persigan, lo prometieron, por favor vete —Renat vio como un pedazo de carne cayó del brazo de Soren dejando el hueso al descubierto. —Lo siento Renat, lo que es de aquí es de aquí.

Renat extendió la mano para agarrar a Soren, pero unos brazos lo detuvieron y lo jalaron hacia atrás, lejos de la luz y de las cosas deformes.

—¡No! —gritó con todas sus fuerzas.

Una figura de grandes alas, con piel negra, lisa y brillante como un espejo se movió alrededor de Soren y mantuvo la vista en Renat hasta que el último rayo de luz desapareció, hasta que todo fue engullido por la oscuridad.

Izzet soltó a Renat y ambos cayeron al suelo.

No había sonido ni se veía nada salvo ellos dos,

enmarcados por un pasto de tenue brillo. Una presión empujaba sus hombros hacia el suelo.

Volteó a ver a Izzet, su amigo estaba boca arriba con los ojos cerrados, inconsciente y empapado en su propia sangre.

No pienses, se dijo Renat, no pienses y sigue adelante.

Se obligó a sentarse y luego se estiró para tocar a Izzet, se manchó las manos con su sangre, misma que esparció en sus heridas más profundas. Eso lo mantendría despierto y activo, al menos por un rato.

Se levantó, acomodó a Izzet en su espalda y comenzó a caminar. Caminó y caminó sin rumbo hasta que encontró las escaleras que dijo Soren y comenzó a subir.

La oscuridad no estaba cediendo, pero ya no lo presionaba contra el suelo, las escaleras se sintieron sólidas y el calor de Izzet en su espalda lo ayudó a mantenerse enfocado.

—Uno tras otro, uno tras otro... —se repitió. Ya no sabía si lo estaba hablando o pensando, y tampoco importaba si era uno u otro, solo sabía que tenía que seguir avanzando. Avanzar y avanzar, solo avanzar. Pronto empezó a ver hongos adornando los escalones y luego las flores de las enredaderas cubrieron el suelo.

Escuchó voces a lo lejos. Unos pasos más y vería el jardín, unos pasos más y podría salir.

No fue ni la torre ni su jardín central cuando pisó el último escalón a la superficie. La playa se extendió frente a él. Su campamento alcanzaba a distinguirse bajo la diminuta luz de las lámparas que habían dejado encendidas.

Unos brazos jalaron a Izzet de su espalda, Renat reaccionó de inmediato. Sacó el cuchillo de Soren, de donde lo había atorado en el cinturón, lanzó a Izzet al suelo, en el espacio entre dos grandes rocas, y se puso entre él y los atacantes.

Nadie iba a tocarlo, no se los daría a los monstruos deformes, no lo iba a perder a él también, no, no, no, no.

—¡Renat! —le gritó una de las cosas que lo tenían rodeado.

No, no, no. ¿Cómo sabían su nombre? Una ilusión sí,

eso tenía que ser. No importaba, no iba a dejar que lo engañaran.

En su mano cargó toda la energía que aún tenía disponible.

—¡Renat! ¡Renat! —Le volvieron a gritar— ¡Soy yo Renat, Johanna!

Dos manos agarraron las suyas. Cuando soltó el cuchillo, esas mismas manos sostuvieron su cabeza, lo forzaron a mirarla.

—Jo... —como piezas de rompecabezas el rostro enfrente de él tomó sentido, los ojos oscuros, el cabello largo, las ojeras, las mejillas hundidas.

—¿Johanna?

Johanna le pasó el cuchillo a otra persona.

—Necesito que me dejes llevar a Izzet, necesita un médico, todo está bien Renat, ya están a salvo.

Capítulo 6

Uno de nosotros

Unas horas más tarde, Johanna estaba sentada en una silla a las afueras de la lona improvisada que sirvió de hospital para Izzet. Renat solo recibió un chequeo rápido pues toda la sangre que Izzet perdió en el camino sirvió para curarlo a él.

Al menos había logrado sacarlo vivo de ahí.

Johanna le había explicado que, cuando el equipo llegó a la zona de reunión encontraron el campamento vacío. Pasados tres ciclos y sin noticias de ellos dos iban a reportarlos como desaparecidos, fue entonces cuando ella los vió, caminando entre las plantas que soltaban esporas venenosas y alucinógenas cerca de la torre.

Lo que quería decir que habían pasado seis ciclos vagando por el interior del Invernadero.

Ella suponía que fueron infectados al llegar y era la razón por la que ni él ni Izzet se dieron cuenta del paso del tiempo.

Johanna le explicó también que uno de los efectos de las toxinas que liberaban las plantas era que incrementa la agresividad e inducía un estado de paranoia.

Renat se quedó callado.

—Sucedió durante nuestra primera incursión a la torre —le dijo Johanna— uno de los voluntarios comenzó a hablar de monstruos e insectos parlantes, cuando se puso violento regresamos de inmediato al campamento a hacer pruebas en las plantas, también sobre los insectos que ya habías guardado. Los resultados son preliminares, pero suficientes para hacer conclusiones.

—¿Qué estás insinuando? ¿Qué yo lo ataqué?

El silencio de Johanna fue toda la respuesta que necesitaba.

—No hay nadie más, ni nada más —aclaró la mujer—, los buscamos por todo el lugar y los encontramos en una zona de alto peligro por las toxinas de las plantas. No creo que haya sido tu intención, pero Izzet no se habría acercado a esa zona gracias a sus sentidos, y tú sabes que él no puede atacar a ningún ciudadano reconocido por Irkala, aunque quisiera y necesitara hacerlo. Y eso lo sabe todo el equipo.

—¿E Izzet? ¿También me culpa?

¿Acaso todo había sido obra de su imaginación?, pero si era así, Soren...

—No ha dicho mucho, solo que no, que tú no eres culpable, pero él no está en condiciones de dar un reporte coherente y ya sabes cómo es todo.

Necesitaban un culpable, por supuesto, ¿qué más podía esperar?

Renat no preguntó más, no tenía ganas de pelear, en su lugar se despidió y entró al hospital improvisado donde estaba Izzet. Ahí nadie lo molestaría.

Encontró a Izzet despierto, él no le dijo nada, solo lo vio sentarse en una de las sillas donde habían puesto parte de su ropa. Se veía casi tan mal como... Soren.

Izzet no se había movido desde que lo dejaron en la tienda médica. Nadie supo qué hacer con él, su especie no se enferma, a lo mucho necesitaría un vaso o dos de sangre y si el daño es mucho, un ciclo de sueño completo. Pero, sin importar cuantas transfusiones le pusieron ni cuantas veces le cortaron la piel muerta, llagas rojas y pústulas que reventaban volvieron a aparecer en sus brazos; incluso, la herida del abdomen, aunque se había cerrado permanecía roja e hinchada.

Tenía que decirle algo, subir sus ánimos, pero ¿qué le podría decir? ¿Qué todo estaría bien? ¿Qué con el tiempo iba a volver a la normalidad? Al menos eso fue lo que escuchó decir a los médicos y la verdad, eso no le importaba, quería preguntarle por Soren, por los monstruos hechos de pedazos y la luz que se escondía dentro del Invernadero. Tenía que saber que todo eso fue real.

—Vendrán por nosotros en barco. En una semana estaremos en casa.

Lo siento debió decirle.

—Renat— Izzet se sentó con las piernas colgando por un lado de la camilla para verlo de frente. —Gracias.

Su voz era un murmullo entre el sonido de las olas, sus ojos aún se veían perdidos, y su piel demasiado pálida, parecía que le habían chupado la vida. Renat vio sus propias manos, sin rasguños ni heridas. En cierto modo eso es lo que le había hecho a su amigo, chuparle la vida. Pero estaba despierto y tranquilo, al menos. Vivo.

—De verdad te lo agradezco.

Renat sonrió, Izzet nunca agradece en vano.

Sus preocupaciones podían esperar, al menos hasta que ambos recuperaran fuerzas.

—Te dejaré descansar. Estaré cerca por si necesitas algo.

Izzet se paró antes de que Renat saliera de la tienda, sus piernas no lo sostuvieron.

Renat reaccionó de inmediato y lo agarró por los hombros, lo obligó a sentarse.

—Guarda tus fuerzas Izzet, no puedo... no a ti también.

Izzet asintió y se volvió a recostar en la camilla.

—Tengo algo para ti Renat, está en mi gabardina, en el bolsillo interno, por suerte los médicos fueron negligentes y no revisaron mi ropa.

Renat agarró la gabardina del respaldo de la silla donde estaba y sacó un pedazo del mapa de la torre. La letra de Soren encima de los dibujos.

Todo lo que se había guardado en las últimas horas se amontonó en su garganta. Quería llorar, eso era lo apropiado, o gritar o golpear, pero su cuerpo se quedó quieto y la risa continuó pausada como si alguien lo estuviera ahorcando, como si todo su ser hubiera dejado de funcionar como se debe.

Soren dejó una nota. La apretó en sus manos y leyó:

Es mi turno de protegerte, vive nuestros sueños.

Las lágrimas nublaron sus ojos y el nudo en la garganta amenazó con no dejarlo hablar. Renat miró a Izzet.

Vive nuestros sueños decía la nota. Como si él no los hubiera visto morir, como si todavía quedara algo para él después de este viaje. Como si Soren no supiera que Renat haría todo lo posible por aplastar ese maldito lugar hasta que no quedara ni su recuerdo.

—Murió ¿cierto Izzet? Dime, tú lo viste ¿cierto?

No. Eso es lo que quería escuchar.

No, él sigue ahí, esperando a que regresemos por él. No, él está allá afuera en una de las otras tiendas quejándose del terrible servicio médico, del clima frío, de lo mucho que extrañaba su laboratorio casero

Izzet lo miró con una sonrisa apagada, con la lástima en su expresión, cómo si él supiera algo que Renat no ha entendido.

No era justo, no era justo.

Renat cerró las manos en forma de puño a los lados de su cuerpo, tembló, se obligó a mantenerlas ahí.

«Respira Renat, Izzet apenas y está con vida» se recordó.

—Él murió ¿verdad? Ahí, atrapado, yo lo... —Renat se tragó las lágrimas— lo abandoné.

—Él lo sabía, se dio cuenta en cuanto vio el mural de la biblioteca, quizá antes—respondió Izzet.

—¿Cómo? Él nunca se... siempre fue normal, nunca mostró nada extraño, ni diferente hasta...

Izzet cerró los ojos y recargó las manos sobre su abdomen.

—Tardamos mucho en encontrarte ¿lo sabías? El lugar resultó más extraño de lo que esperábamos. Después de matar a ese monstruo vi que ibas hacia mí, creí que, para ayudarme, pero solo me pasaste de largo y te quedaste viendo la niebla, luego empezaste a hablar con frases sin sentido y corriste.

»Te grité que el jardín no era seguro, Soren también te intentó detener, pero no logró alcanzarte. Le dije a Soren que lo más seguro es que hubiera toxinas alucinógenas y que, con tus heridas y el golpe en la cabeza, debías estar confundido.

Renat arrastró la silla hasta quedar a lado de la camilla y se sentó.

Cuando cayó al pozo de las polillas supuso que en algún momento quedó atrapado en la ilusión, pero no imaginó que hubiera pasado tanto tiempo en ese estado.

Izzet continuó.

—Por varias horas recorrimos la niebla, buscándote. Había pasto y rocas grisáceas por doquier, no se me ocurrió preguntar por qué estaba tan iluminado ni cómo es que un lugar tan pequeño se sentía infinito. En todo ese tiempo Soren murmuró cosas y hacía sonidos extraños, yo estaba herido y cansado así que no lo cuestioné, no pensé en nada, fue como si mi mente hubiera estado anestesiada y cuando no pude avanzar más me senté en una fuente que hallamos. Pensé que no te volveríamos a ver y que deberíamos buscar la salida, pero Soren no se rindió y te fue a buscar solo.

Izzet se detuvo un momento y respiró hondo. Renat no lo interrumpió. Dejó que tomara el tiempo necesario para seguir con su recuento.

—Cuando ninguno de los dos regresó —dijo Izzet con la voz algo quebrada—, los di por perdidos, así que me levanté y me dirigí hacia el elevador, en su lugar encontré una puerta. Todos mis sentidos me decían que la salida estaba ahí, era el lugar, la posición, la distancia correcta, pero lo único que apareció ante mí fue una puerta, una puerta sin una habitación, un arco decorativo que no llevaba a ningún lado. Me detuve para evaluar el terreno de nuevo, no era posible, no tenía explicación, la rodeé y seguí derecho hasta tocar pared, vi el inicio de nuestro camino, justo donde bajamos del elevador, pero éste ya no estaba ahí. Regresé a la puerta sin cuarto, la inspeccioné y luego la crucé. Al inició no pasó nada, luego la escuche. Escuché una voz, lejana y distorsionada, como si alguien me hablará detrás de un cristal muy grueso y me dijo: *aún no*.

Renat se inclinó hacia adelante, recargó los codos en sus rodillas y la barbilla en sus manos.

¿Qué clase de ente habían encontrado encerrado ahí?

—Me sentí extraño —siguió Izzet— como si yo hubiera sido el mismo lugar en el que estaba parado, deshabitado, solitario, inerte. Nada se movía, no sentía nada, ni el viento, ni el sonido. Fue asfixiante, molesto, pero no irritante, en cierta manera tranquilo, por un instante pensé que no estaría mal quedarme ahí y luego lo vi. A Soren, sentado en el suelo, recargado en la misma fuente donde nos habíamos separado.

»Sus manos estaban ensangrentadas y le faltaban algunos dedos, él estaba observando una planta cuyas hojas estaban formadas por patas de insectos, acomodados y fundidos entre sí. Tu mochila estaba tirada a sus pies y se había puesto las hojas de los registros en el cinturón. Algo estaba con él, Renat—, Izzet pasó la mano por su cara. —Corrí hacia él, hacia eso, pero cuando llegué a Soren, él estaba solo. Me dijo que había encontrado como regresar y me señaló una placa de metal en el suelo:

Salir es desaparecer parte por parte.

»No sé qué cara puse cuando leí la inscripción, pero hizo reír a Soren, dijo que lo había descifrado, que lo había visto en el mural y en el jardín, que él pertenecía a ese lugar y que nosotros no, pero que no me preocupara. Me dijo que sabía cómo encontrarte, me dio esa nota —señaló el papel que Renat tenía en la mano— y me pidió que te la diera cuando estuviéramos afuera.

»En el momento creí que solo estaba delirando, se veía muy mal. Pero la sombra estuvo ahí, difuminada entre la niebla, cubierta por algún hechizo para que no pudiera distinguirla bien, pero la vi; una silueta negra y erguida, con grandes alas que se movían con la brisa de un lugar dónde no había viento. Cerca de esa cosa había insectos volando.

»Soren me agarró y me señaló una puerta que se había abierto en el suelo, lo seguí por la oscuridad, no sé por cuánto tiempo, sentí la mirada de varios seres en nosotros, pero las bestias de ese sitio solo comenzaron a atacarnos cuando llegamos a la luz y nos encontraste.

Renat apretó el papel. Era la misma cosa que lo observó irse, la misma cosa que los dejó ir y que se quedó con Soren.

Izzet suspiró, puso una mano en la rodilla de Renat y lo miró a los ojos.

—No sé qué fue lo que negoció Soren, pero nos dio la oportunidad de salir, no hay que desperdiciar eso.

Renat levantó la cabeza y miró el techo de la tienda, pasó las manos por su cabello y tapó su rostro, la nota aún en sus manos. Volvió a leerla. Imaginó a Soren escribiendo en medio de ese jardín rodeado de animales deformes y hambrientos con la decisión en el rostro.

Él siempre estuvo celoso de todas las veces que Renat usó su magia para ayudarlo. Déjame hacer algo por ti, siempre le decía. Yo también puedo cuidarte. Renat nunca lo dudó.

El siguiente suspiro se llevó un peso que no sabía que estaba cargando. De haber otra opción, Soren la habría encontrado, siempre fue bueno para eso, para encontrar la salida a cualquier situación.

—Sí, tienes razón —le dijo a Izzet— aún estamos aquí.

El viaje en barco no tuvo contratiempos, la vida siguió.

Capítulo 7

ADIÓS

Renat se paró a la entrada de la cueva. La marea había bajado de nuevo y la torre lo recibió con la misma sensación de escalofríos que hace cinco años.

El Invernadero estaba intacto, rodeado de las plantas verdes y azules y los insectos muertos. La expedición abandonó la investigación poco después de empezar, nada importante salió de ahí. El jardín estaba muerto y los libros casi deshechos, se decidió que no valía la pena gastar recursos en un lugar al que no le podrían sacar provecho.

Renat intentó llevar a cabo una expedición más de una vez, pero nunca le dieron permiso. Luego lo intentó con sus propios recursos, reunió una tripulación que logró llegar al sitio, veinte seres voluntarios, cada uno temerario y experto en alguna disciplina, todos entrenados para resistir peligros inimaginables. Ninguno sobrevivió, todos perdieron la coherencia al pisar estas mismas costas.

Después de eso pasó un tiempo encerrado en las instalaciones blancas, con las medicinas que no te dejan saber dónde estás, ni cuándo es, hasta que Izzet se recuperó lo suficiente para retirarle todos los cargos.

Y ahí estaba de nuevo, solo y por sus propios medios, a los pies del Invernadero. No podría quedarse mucho a menos que quisiera que lo arrestaran otra vez y tampoco quería quedarse más de lo necesario.

Los Investigadores no sabían lo equivocados que estaban, lo mucho que este lugar tenía en sus adentros, quizá no eran secretos que debían liberar.

Renat guardó lo que Soren salvó de los registros, y aunque Izzet los restauró, no hizo nada con ellos, no los publicó, ni le dijo a nadie. Izzet respetó su decisión y tampoco habló. Era mejor así.

Hablando de Izzet, él también estaba ahí, cerca de la entrada a la torre, con su misma gabardina verde, aunque esta vez iba con unos guantes de color café. No volteó para recibirlo

—No tuve noticias tuyas desde que decidiste dejar la organización Heka. Supuse que tarde o temprano regresarías a este lugar.

—Vine a despedirme —dijo Renat— quería verlo por última vez antes de irme lejos de este continente. Contacté el sitio que me recomendaste ¿recuerdas? la tienda de libros a mitad del hielo.

Izzet no escondió la risa que soltó de repente.

—Así que sí escuchaste mis mensajes. Es un buen lugar, apartado de la capital helada, pero con todo lo necesario para una buena vida, es de los mejores lugares después de Irkala. ¿Ya tienes dónde quedarte?

—Sí, he estado hablando con alguien allá, seguí tus instrucciones. la magia de comunicación al instante es muy útil, no puedo creer que te hayan dejado aprender eso. Y tú, ¿qué haces aquí Izzet? ¿Pretendes dejar en ridículo al equipo de investigación mostrándoles lo que nosotros vimos?

La broma sonó demasiado seria.

—Aún no... —Izzet miró al suelo, luego negó con la cabeza. —Más investigación será imposible, pocos son compatibles con los hechizos del lugar, tú lo viste, además, los oceanógrafos dicen que la marea volverá a subir y lo cubrirá pronto.

—Entonces, ¿viniste por mí?

Izzet sacó de una de las bolsas de su gabardina un frasco transparente, su mano no dejó ver a Renat qué es lo que contenía.

—Pensé en entregarlo al laboratorio de entomología cuando lo encontré entre mi ropa, pero creí que sería mejor dártelo a ti.

Renat se llevó las manos a la boca y dio varios pasos hacia atrás. Era imposible. En el frasco, dos dedos fundidos en el cuerpo azul claro de un ciempiés, se movían en sincronía con las demás patas, arañando las paredes. En uno de los dedos aún descansaba el anillo de compromiso que tanto trabajo le costó conseguir.

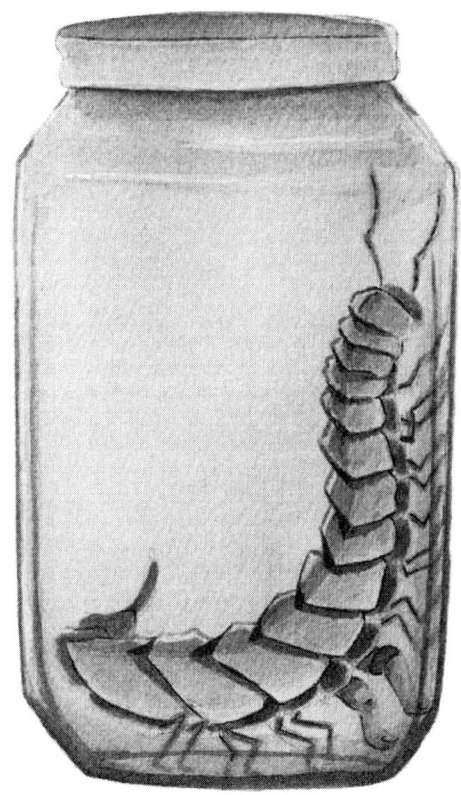

Esta vez ni siquiera notó que las lágrimas habían salido hasta que probó su sabor por la comisura de los labios.

Izzet le acercó el insecto hasta que Renat reaccionó y lo tomó.

—Esto podría haber validado todas tus anotaciones.

Fue lo único que se le ocurrió decir. Sonaba mejor que: gracias por traerme los restos de a quién abandoné y nunca pude rescatar. La verdad, tenía miedo de lo que encontraría si lo hubiera hecho.

—Hay cosas que es mejor no compartir, además no fue mi descubrimiento, así que no puedo reclamarlo—. Y en un tono más serio, —no le fallaste, quizá no te guste su decisión, pero quiso darnos —darte— la oportunidad de seguir adelante, confiaba en que lo harías.

—Y él siempre creyó que le desagradabas— suspiró Renat.

Ambos se quedaron en silencio.

De espaldas a la torre observaron la luz de sus lámparas iluminar al mar arrastrando la arena bajo la noche sin estrellas.

—¿Vas a estar bien, Renat?

—Sí, él tenía todo arreglado, no para esta ocasión, pero por si... tú entiendes —Renat observó el ciempiés moviendo los dedos alrededor del fondo del frasco—. Quiero creer que sabía que era cierto, que el pertenecía a este lugar y que no lo dijo solo para calmarme, puedo vivir con eso.

«Eso es lo que querías que hiciera ¿verdad Soren?»

Después de un rato ambos se despidieron, Izzet tenía que regresar a su taller y a sus deberes.

Renat vio al insecto.

Pensó en llevarse el ciempiés con él, pero no le pareció justo, este lugar, después de todo, era su hogar. El anillo estaba fundido en el dedo, así que tampoco se lo quitaría.

No lo necesitaba, había muchas otras cosas con las cuales recordar a su compañero.

Se acercó a la puerta del Invernadero y lo dejó salir. El insecto de inmediato corrió y encontró una ranura en la pared por la que desapareció.

Antes de irse, Renat le echó un último vistazo a la torre. Una polilla gigante, roja con blanco y alas marrones lo estaba observando desde una de las rocas. Los ojos negros y el blanco dentro de ellos. Renat agachó la cabeza en despedida y sonrió.

—No desperdiciaré ningún segundo, viviré nuestros sueños, Soren.

Índice

Sobre la autora

Leo Valladares (Leo VaMi) es una escritora e ilustradora independiente con sede en Querétaro, México. Su obra fusiona el arte y la literatura para explorar mundos fantásticos, donde la realidad se dobla ante lo desconocido. Influenciada por autores como H.P. Lovecraft, Horacio Quiroga e Isaac Asimov su trabajo se sumerge en el terror, la ciencia ficción y la fantasía, siempre con un enfoque en la percepción de la realidad y sus límites.

Apasionada por la narración en todas sus formas, Leo ha tomado cursos especializados, como *Corrección, estilo y variaciones de la lengua española* de la Universidad Autónoma de Barcelona e *Introducción a la escritura de historias de terror* impartido por María Fernanda Ampuero. Además de su producción literaria, comparte su conocimiento sobre ilustración en su blog personal, donde explora técnicas como la acuarela combinada con edición digital.

Actualmente, trabaja en proyectos personales y encargos de ilustración, incluyendo portadas de libros y diseño de personajes.

Leo Valladares sigue expandiendo su universo creativo, explorando nuevos medios y narrativas visuales. Para conocer más sobre su trabajo o solicitar una ilustración, puedes visitar su sitio **leovami.com** o contactarla por correo electrónico: **leovami.ilustradora@gmail.com**.